# LES LARMES

# DE SANG.

# LES
# LARMES DE SANG,

PAR

**Émile DURAND DE VALLEY,**

ET

**CLAIRVILLE aîné.**

TOME PREMIER.

**PARIS.**
**1839.**

# I.

*Paris à huit heures du soir.*

belle soirée d'été, lorsque le soleil a disparu derrière les mille toits qui masquent l'horizon et qu'un vent du nord commence à soulever la poussière qui vole, encore chaude, au visage des passants.

C'est alors que les portiers et les portières quittent leurs loges et viennent placer leur chaise dans la rue, c'est alors que les domestiques du premier étage se mêlent aux locataires du cinquième, et que tout le voisinage se rassemblant à chaque porte, la conversatiou devient générale. La perspective de tous ces petits groupes donne à la ville un certain air de fête; c'est à qui viendra se reposer des fatigues du jour, et l'ombre, qui petit à petit descend sur les maisons, les enveloppe et les cache, prête à ces causeries du soir un charme mystérieux et tout particulier.

Arrêtons-nous un instant devant l'un de ces petits comités; et, d'abord, examinons les personnes qui le composent.

Là, c'est un ci-devant propriétaire qui, ruiné par ses folies, accuse les événements et la fatalité des torts de sa mauvaise conduite.

Ici, c'est une vieille coquette, autrefois dan-

seuse et maintenant dévote. — Regardez-la bien,
ses yeux sont baissés, ses lèvres murmurent ;
elle déroule un chapelet : nous sommes tentés
de croire que c'est celui de ses infidélités. — Le
paradis a remplacé l'Olympe. — Terpsichore a
voilé ses appas et tient un livre de messe ; enfin
on oublierait la déesse si l'on ne voyait encore
du rouge sur le visage de la sainte.

Tout près, se trouve madame Clodora Visinard, épouse en troisième noces de M. Visinard,
l'épicier du coin ; c'est le bel esprit du quartier.

Plus loin, nous apercevons un couple ; ce
sont deux jeunes amants, M. Charles, garçon
coiffeur, et mademoiselle Aspasie, fille de la
fruitière d'à côté. L'hymen doit bientôt les unir
et délivrer enfin la jouvencelle de la tendre et
persévérante obsession d'un sous-officier de
hussards.

N'oublions pas le portier, point central de
toutes ces réunions en plein air. C'est autour de
lui que viennent se grouper les plus originaux;
c'est lui qui préside aux débats, qui juge, absout
ou condamne en dernier ressort. — Éternel
observateur, profond politique, il sait lire
adroitement sur le visage d'un locataire et dans

*le Constitutionnel.* — Jamais le destin ne l'a placé dans sa loge ; il doit toujours ses malheurs au parti qui gouverne, aussi le voyons-nous souvent de l'opposition. — Aristocrate ou républicain par système, portier par état, il repousse les gouvernements et tire le cordon.

C'était au mois de juillet de l'année mil huit cent trente-trois.

Il était neuf heures du soir lorsque les différents personnages dont nous venons de parler, dûment environnés de cuisinières et de valets, se trouvaient réunis devant une maison de la rue de Bourgogne.

Déjà M. Cabouleau, c'est le nom du ci-devant propriétaire, avait cité deux ou trois passages du mépris des richesses.

La vieille dévote venait de recommencer son chapelet.

Madame Visinard avait décoché sur ses pratiques quelques charitables épigrammes.

Quant à M. Charles et mademoiselle Aspasie, ils ne cessaient de conjuguer le verbe *j'aime.*

Voyons, monsieur Cabouleau, dit enfin madame Visinard, contez-nous donc quelque chose.

Oui, contez-nous quelque chose de drôle,
s'écria le groupe.

Ma foi, je ne sais trop que vous dire, reprit
l'interpellé ; vous connaissez mes aventures ;
vous savez par quel enchaînement de circonstances, par quelle fatalité je me suis vu ré-
duit à cet état voisin de la misère, moi, riche
capitaliste ! moi, propriétaire de trois maisons
sur le pavé de Paris, me voilà maintenant relé-
gué au quatrième étage, avec une petite rente,
insuffisant débris de mon ancienne fortune ;
mais, comme le dit Sénèque ;

« Ita affecti sumus, ut nihil æque magnam
« apud nos admirationem occupet quam homo
« fortiter miser. »

— Ah ! Sénèque dit cela !

— Sénèque en dit bien d'autres : mais, si vous
voulez apprendre quelques nouvelles, c'est à
M. Badoulet qu'il faut vous adresser... Un concierge est toujours à même de savoir bien des
choses.

— Concierge ! Ah ! monsieur Cabouleau, j'peux

bien dire qu'j'étais pas né pour *cette chienne
d'état*, et si le char des révolutions *n'eusse pas*
écrasé mon avenir...

— Eh bien ! racontez-nous vos malheurs.

— Oui, oui, contez-nous vos malheurs.

Encouragé par l'assentiment de ses auditeurs,
M. Badoulet se leva, se moucha, cracha ; puis,
après un silence par lequel il semblait comman-
der l'attention générale, ce fut en ces termes
qu'il commença son récit :

— C'était donc en 89, j'avais... six mois à
peine ; mon père occupait à cette époque un
emploi *conséquent* dans le ministère *ousqu'il*
était bureaucrate... C'était lui qui balayait le
ministère... ; et, dans ce temps-là, c'était pas
une petite chose que de balayer le ministère...,
fallait avoir la confiance du gouvernement.

— La confiance du gouvernement pour
balayer le ministère !

— Oui, monsieur Cabouleau, c'était un
honneur que de passer par cette poussière-là,
et quiconque alors balayait le ministère, pouvait

prétendre à balayer partout. — Malheureuse-
ment , plus tard , le ministère fut balayé sans
la participation de l'auteur de mes jours ; ce
qui m'arracha des mains le balai et le plumeau
que j'avais reçus de la nature.

Une voix lamentable et passionnée interrom-
pit en ce moment le récit du portier.

— Aspasie ! chère Aspasie !

A ces mots, la jeune fruitière porta les yeux
sur l'interrupteur, et soudain pâlit, chancela et
faillit se trouver mal.

— Comment, c'est vous, monsieur Savigny ?

— Oui, ma charmante sylphide, moi-même.

— Vous n'êtes donc pas mort ?

— Non, de par les cornes du diable !

— On nous avait pourtant dit...

— Que j'avais défilé la parade ; vous auriez
dû penser que ça ne se pouvait pas.

— Comment !

— Pouvais-je mourir loin de vous et sans vous épouser?

— Dame! ça ne vous empêchait pas de vivre.

— Méchante!

Qu'est-ce que tout cela veut dire, murmura M. Charles, qui depuis quelques instants pâlissait d'une manière effrayante.

— Ah çà, ma toute belle, j'espère bien que vous ne m'avez pas oublié.

— Oh! non, monsieur Savigny.

— Que votre amour est toujours le même... Vous ne répondez pas... Encore une fois, m'aimez-vous?

Et la voix du militaire (car il faut dire que M. Savigny servait en qualité de maréchal des logis dans un régiment de hussards) fit retentir tous les échos de la rue de Bourgogne.

— Vive Dieu! si vous m'étiez infidèle!... triple mille paquets de moustaches!!!

— Oh! mon Dieu, monsieur Savigny, ne jurez donc pas comme ça.

— Par saint George ! j'ai peut-être un rival ;
nommez-le-moi, que je le tue, que je vous tue,
que je me tue, que je tue tout le monde !

A ces terribles paroles, le pauvre Charles fait
trois pas en arrière et brise un carreau de la loge
du portier, lequel carreau va se planter dans le
crâne de madame Badoulet, qui s'était endormie
près de la fenêtre, en lisant le *Nouveau traité
des songes*.

Les suites de cet événement et le désespoir
affreux qu'il causa importent peu à notre lecteur ;
nous ne lui en parlerons pas.

Dix heures viennent de sonner, le calme est
rétabli, ou va fermer la porte de la rue, les
voisins se disposent à gagner leur demeure,
lorsque tout à coup chacun d'eux s'arrête et
salue profondément un nouveau personnage, qui,
sans les voir, sans les saluer, passe devant eux,
atteint l'escalier et disparaît dans les ténèbres.

A l'aspect de cet homme, toutes les figures
ont pris une expression singulière... Ce n'est
pas du respect, ce n'est pas de la terreur, c'est
un sentiment indéfinissable, mêlé d'intérêt et
d'effroi, de plaisir et de crainte. Depuis long-

temps il a disparu , et tous les yeux se portent encore vers l'endroit où son ombre s'est effacée.

M. Cabouleau , le seul peut-être que la présence de l'inconnu n'a pas intimidé , dit , en s'adressant à Badoulet :

— Quel est donc celui-là qui passe ainsi sans regarder personne? On dirait qu'il vous fait peur.

— Chut... chut , ne parlez pas si haut , reprend le concierge , c'est... Négrony !

Et le groupe entier tressaillit , en répétant :

NÉGRONY !!!...

# II.

*La Boutique du Coiffeur.*

## II.



......Je tiendrai le rasoir, et mon ennemi
.......tendra la gorge.

CORDELLIER DELANOUE (*Barbier de Louis XI*).

C'est dimanche, et ce jour-là les coiffeurs ont
de la besogne.

M. Charles, qui, dès la veille, avait eu soin
de repasser ses rasoirs, de changer les serviettes,
de ranger la boutique, d'apprêter enfin tout ce
dont il pouvait avoir besoin, s'est levé de grand
matin. Il est vrai que le souvenir de l'aventure
de mademoiselle Aspasie ne lui a pas permis de

fermer l'œil de la nuit. Depuis quatre heures, il est sur pied. Déjà plusieurs personnes sont venues lui livrer leur menton, et peu s'en est fallu qu'elles n'eussent à s'en repentir, car le pauvre coiffeur ne sait vraiment pas ce qu'il fait.

C'est une fort belle profession que celle-là, on est étonné qu'elle ne fournisse pas de grands hommes, de profonds philosophes. Toutes ces têtes qui viennent se placer sous le rasoir d'un barbier devraient, selon moi, faire naître en lui de singulières pensées ; nous ne parlons pas de celles qui vinrent à ce scélérat de la Cité, qui, pour abréger l'ennui de raser sa pratique, trouvait tout naturel de lui couper le cou ; mais il nous semble que l'on pourrait méditer sur l'expression des physionomies, sur le degré plus ou moins sensible des facultés intellectuelles. Vous direz peut-être qu'une physionomie barbouillée de savon n'exprime pas grand'chose, qu'importe ? nos phrénologistes n'y regardent pas de si près, et, si j'étais partisan du système du docteur Gall, je me ferais perruquier seulement pour le plaisir de tâter des bosses ; il est vrai qu'en tâtant des bosses je ferais peut être quelques cavités, mais pour servir la science tous les

moyens sont bons, toutes les erreurs pardon-
nables ; demandez plutôt à nos docteurs en mé-
decine.

Quelle que soit la justesse de nos idées,
M. Charles ne les partageait pas ; il ne trouvait
aucune différence aux bosses de ses pratiques :
deux sentiments remplissaient son cœur, l'amour
et la jalousie.

Il n'avait encore écorché qu'une dizaine de
personnes, lorsque Cabouleau ouvrit la porte de
la boutique.

Que de monde ! s'écria-t-il en entrant.

— Donnez-vous la peine de vous asseoir,
monsieur Cabouleau.

— En avez-vous pour longtemps ?

— Deux minutes, le bourgeois va rentrer.

— Prenez garde, vous me coupez !

— Ce n'est rien..... Voulez-vous le journal,
monsieur Cabouleau ?

— Volontiers, où donc est-il ?

Et M. Charles ne répond plus, il est retombé dans sa rêverie, ce qui ne l'empêche pas de promener son rasoir sur le menton de la pratique.

— Eh bien! ce journal?

— Vous voyez bien qu'il est en main, répond un petit monsieur caché presque entièrement par le *Constitutionnel*.

— Voilà même assez longtemps, ajoute un autre individu, qui, depuis son arrivée, regarde d'un œil d'envie le petit monsieur faire sa lecture.

Mais le *Journal de Paris*? demande encore l'ex-propriétaire.

— Il n'arrive qu'à neuf heures.

M. Cabouleau murmure, on sait qu'il en a pris l'habitude, et, tout en murmurant, il va se placer dans un coin de la boutique, où, n'ayant rien de mieux à faire, il s'amuse à s'endormir.

— Voilà qui est terminé, à votre tour, monsieur Doucet.

— Faites passer quelqu'un, je n'ai plus que deux colonnes, je les lirai pendant ce temps-là. C'est le petit monsieur qui vient de répondre en se replongeant dans son journal.

— Eh bien, à vous, monsieur Cunégo.

Celui-ci se lève, et jetant un dernier regard sur le journal et sur le petit monsieur :

— Il est bien ridicule, dit-il, de faire ainsi d'une boutique de coiffeur un cabinet littéraire.

Dieu ! suis-je coupé ! s'écria, en se regardant, l'homme qui sortait des mains de M. Charles.

Ce dernier s'empresse de lui présenter un morceau d'amadou, attention délicate qui paraît ne flatter nullement celui qui en est l'objet.

M. Cunégo, la tête renversée, le nez en l'air, vient à son tour de confier son chef au malheureux amant, qui, n'ayant plus la tête à lui, s'embarrasse fort peu de celle qui se trouve sous sa main ; aussi, pour débuter avec M. Cunégo, vient-il de lui mettre du savon dans l'œil.

— Prenez donc garde!

— Quoi donc?

— Vous m'aveuglez!

— Pardon, c'est ma savonnette qui.....

— Vous n'y voyez donc pas?

— Je pensais.....

— Eh! que diable! pensez à ce que vous faites; depuis trois quarts d'heure que je suis ici,
je vous vois coupailler tout le monde.

Cette scène fut interrompue par l'arrivée d'un
nouveau personnage.

— Vous êtes seul, monsieur Charles?

— Oui, monsieur François.

— En ce cas, je reviendrai.

— Attendez un peu, le bourgeois n'est pas
loin.

— Oh! non, je suis trop pressé, j'ai tant de
courses à faire!

— Mais je ne me trompe pas, s'écrie M. Cabouleau, que la voix du nouveau venu a réveillé
en sursaut, c'est toi, mon pauvre garçon.

— Vous ici, monsieur! quel miracle de vous
rencontrer! je ne vous ai pas revu depuis cette
aventure.....

— Laquelle?

— Vous savez bien, avec la petite Césarine...

— Ah! oui! j'y suis; c'est elle qui me coûta
ma dernière maison du faubourg Saint-Antoine.

— C'est depuis ce temps que j'ai quitté votre
service.

— Que fais-tu maintenant?

— Vous le voyez bien, je sers de nouveaux
maîtres; depuis deux ans, je porte la livrée de
M. le comte de Clarance.

— Le comte de Clarance! dont l'épouse demeure dans ma maison ici près?..... et voilà
deux ans que tu es à son service?... Ha çà, com-

ment se fait-il que je ne t'aie jamais rencontré parmi les gens de madame la comtesse?

— J'arrive d'un voyage où j'ai suivi mon maître.

— Monsieur le comte est donc de retour?

— Ah bien oui, de retour! Lorsque je l'ai quitté en Allemagne, il lui restait plusieurs missions secrètes à remplir; je ne pense pas qu'il revienne avant un an.

— Un an? dis-tu; mais c'est un véritable veuvage pour madame la comtesse... Soyez donc jeune et jolie pour épouser un diplomate! ces gens-là ne comprennent rien aux devoirs conjugaux.

Pendant cette conversation, M. Charles a rasé sa pratique, qui, cette fois, en est quitte pour la peur. Voilà donc le tour de M. Doucet revenu, mais il cède encore sa place à son voisin sous le prétexte qu'il n'a pas eu le temps de lire le feuilleton. — La porte s'ouvre de nouveau, et l'on voit entrer M. Badoulet.

Encore deux personnes et la boutique sera pleine.

— Bonjour, voisin.

— Bonjour, monsieur Badoulet.

— Tiens, c'est vous, François! et vous aussi, monsieur Cabouleau! vous attendez votre tour?

— Oh! moi, je ne l'attends plus, car il faut que je vous quitte; j'ai tant de préparatifs à faire pour le départ de madame la comtesse!

— Comment! est-ce que madame la comtesse va rejoindre son mari?

— Y pensez-vous? elle en ambassade!

— Pourquoi pas, répond M. Cabouleau, ce serait un assez bon moyen d'embrouiller les affaires.

— Je suis de votre avis : on comprend si peu de chose à la politique, qu'il serait à désirer de n'y comprendre plus rien; mais nous n'en sommes pas encore venus là, et madame la comtesse va tout simplement passer le reste de la belle saison à la campagne, dans un petit château que M. le comte a fait bâtir et qu'elle appelle sa maison des champs.

— Il me semble, dit M. Badoulet, qu'il est un peu tard pour aller à la campagne ; nous touchons à la fin de juillet.

— Oui, la comtesse ne s'en souciait guère, c'est M. Négrony qui a vivement insisté.....

— Négrony ! s'écrie M. Cabouleau : ha çà, quel est donc cet homme que tout le monde voit et qui ne voit personne? Hier au soir, il nous a fait l'effet d'un spectre.

En ce moment un facteur entre dans la boutique et jette un journal sur le comptoir. M. Doucet se précipite dessus; il paraît qu'il a fini son feuilleton.

— Négrony ! Oh !... reprend l'ex-propriétaire, en comprimant un frisson.

— N'en dites pas de mal..., si vous saviez le respect q'uil inspire. Depuis que je suis au service du comte, les voyages que je suis obligé de

faire m'ont souvent éloigné de M. Négrony;
mais, chaque fois qu'il s'est trouvé sur mon passage, j'ai ressenti quelque chose qui me serrait
le cœur. On ne peut le voir sans s'intéresser à
lui. La beauté de ses traits, cette pâleur qui les
accompagne; l'expression de sa physionomie...;
il n'a besoin que d'un signe, que d'un regard
pour exprimer sa pensée, pour se faire obéir.
Aussi ne parle-t-il à personne, si ce n'est à madame la comtesse. Il est toujours triste, sombre,
rêveur, et je crois qu'il se pendrait si quelqu'un
le voyait rire.

— Singulier personnage! Où diable M. le
comte a-t-il été faire choix d'un pareil intendant?

— Oh! je vous proteste qu'il ne pouvait en
choisir un meilleur, un plus intègre...

— A votre tour, monsieur Doucet.

C'est toujours M. Charles qui, chaque fois
qu'il a expédié une pratique, revient au petit
monsieur, lequel répète encore cette fois :

— Faites passer quelqu'un, voici un article
qui m'intéresse beaucoup.

.. Enfin, petit à petit les habitués de la maison se sont retirés, rasés, coupés, martyrisés. M. François, que la présence de son ancien maître avait retenu trop longtemps, s'éloigne à son tour en voyant M. Cabouleau prendre la place de la dernière victime, qui vient de sortir avec un effroyable morceau d'amadou au menton. Il ne reste donc plus dans la boutique que M. Cabouleau, M. Badoulet, M. Charles et le petit monsieur, qui paraît n'avoir d'autre souci que la lecture qu'il se procure gratis.

— Que pensez-vous, monsieur Badoulet, de ce mystérieux personnage dont nous parlait François? Ne serrez pas si fort!... Un portier n'est pas sans faire quelques remarques.

— Oh! sans doute..., je me suis bien aperçu de quelque chose.

— Avez-vous résolu de m'étrangler? Quand je vous dis de ne pas serrer si fort... Vous disiez donc, M. Badoulet?...

— Je disais qu'il serait possible, si j'en crois

les observations que je me suis trouvé dans la *catégorie* de faire, que **M. Négrony**...

— Vous croyez!... Maladroit! voilà qu'il me fait avaler de l'eau de savon.

—Dame! monsieur, vous ouvrez la bouche au moment où....

— Quand j'ouvrirais la bouche, ce n'est pas une raison pour y fourrer votre savonnette.... Ah! pouah!... Continuez, monsieur Badoulet.

— Je vous disais donc que je présuppose, d'après ce que je suis susceptible de voir dans la place où les révolutions m'ont plongé, que je présuppose, dis-je, que ce jeune Italien est un amoureux déguisé.

— Bah!

—Je connais ça, voyez-vous; je me rappelle qu'à six ans mon père me fit passer pour le fils d'un marchand de poussier de mottes.

— Pourquoi?

—Parce que j'étais un enfant du ministère, et qu'on connaissait mes opinions politiques.

— Revenons à M. Négrony.

— Oh! pour M. Négrony, c'est différent; lui n'est pas un enfant du ministère... Je crois, si je ne m'illusionne, que c'est un prince napolitain.

— Vraiment!... Ne me pincez donc pas si fort, vous me faites mal aux narines.

— Pardon, monsieur; mais pour vous raser vos moustaches...

— J'ai cru que vous vouliez m'arracher le nez.

— C'est que je pensais...

— Allez au diable, avec vos pensées..; vous serez cause d'un malheur. — Qui vous fait donc supposer, monsieur Badoulet, que cet Italien soit amoureux et prince?

— C'est qu'on ne peut guère être intendant d'une comtesse jeune et jolie sans en devenir amoureux, et que, pour se faire aimer d'une comtesse dont le mari peut devenir ambassadeur, il faut être quelque chose de plus qu'un intendant.

— Mais n'a-t-on pas vu des rois aimer des bergères?..... Oh! me voilà coupé!

— C'est un bouton que vous aviez près du favori gauche.

— Vous avais-je prié de m'en défaire?

— Je ne voyais pas.....

— Vous devez voir... Tenez, me voilà tout ensanglanté.

Et, cette fois encore, M. Charles applique un morceau d'amadou sur le bouton de M. Cabouleau. Il est écrit que tous ceux qui sortiront de la boutique ce jour-là en sortiront avec un morceau d'amadou sur la face. Enfin la barbe est faite tant bien que mal, et voilà le tour du petit monsieur encore une fois revenu : mais il ne répond pas à l'appel de M. Charles, le *Journal de Paris* a produit son effet, il s'est endormi profondément sur une séance de la chambre des pairs.

M. Badoulet prend la place vide.

— A nous deux, monsieur Charles, et rasez-
moi bien.

Voilà de nouveau l'amant de mademoiselle
Aspasie armé du fatal rasoir dont M. Cabouleau se plaint encore ; c'est en pestant contre la
maladresse des amoureux qu'il a remis sa cra-
vate ; il donne ses trois sous et va sortir au moment où quelqu'un s'élance dans la boutique en
chantant :

> Enfant chéri des dames,
> Je suis en tous pays, etc., etc.

Et l'enfant chéri des dames renverse M. Cabouleau, qui va rouler près du comptoir ; et
M. Charles, reconnaissant l'enfant chéri des dames, enlève le bout du nez de M. Badoulet et
s'écrie :

— C'est lui !

— Oh !

— Ah !

Ces deux interjections sont proférées par M. Badoulet et par le nouveau venu,

L'un parce qu'il n'a plus de nez,

L'autre parce qu'il s'aperçoit des événements qu'il cause.

Le pauvre portier court en fou, crie comme un possédé. M. Cabouleau se relève et va droit au sous-officier, car déjà le lecteur a sans doute reconnu Savigny. L'ex-propriétaire veut crier, s'emporter, mais un regard du jeune homme a bientôt dissipé sa colère; il sort en maudissant les coiffeurs et les hussards.

— Je suis blessé!... tué!... mort!... Un médecin; mon nez; du secours!...

— Voilà de l'amadou, répond machinalement M. Charles, qui, depuis l'arrivée du militaire, n'a rien vu de ce qui s'est passé, et roule dans son cerveau des projets affreux.

— De l'amadou! de l'amadou! s'écrie Badoulet au désespoir, de l'amadou, grand Dieu! c'est mon nez qu'il me faut... Vous m'avez défiguré; mais ça ne se passera pas ainsi, et je vais porter plainte...

Et le pauvre concierge, avant de porter plainte, va porter son nez chez un médecin.

Voilà donc les deux rivaux restés seuls, car il faut dire que M. Doucet ayant terminé la lecture de ses journaux, avait profité du trouble général pour disparaître.

Savigny, renversé sur une chaise, riait à gorge déployée, tandis que M. Charles, debout, les bras croisés, la tête penchée sur sa poitrine, contemplait en silence et d'un œil féroce les traits de son odieux rival.

Enfin Savigny parvient à se calmer ; il se lève, défait son col, et dit, en prenant la place de M. Badoulet :

— Allons, dépêche-toi, l'ami, je suis pressé.

A ces mots l'infortuné Charles ouvre les yeux, la bouche, et regarde, d'un air ébahi, le militaire lui présenter son cou.

— Vous êtes pressé, hussard... Ces paroles sont les seules qu'il peut articuler.

— On ne peut pas plus pressé, répond Savigny sans remarquer le trouble du jeune homme...

Un rendez-vous d'amour, une ancienne connais-
sance que je mène ce soir à la Chaumière.....
Rase-moi, mon vieux; je veux être beau comme
un astre, je veux reconquérir le cœur de la dé-
lirante Aspasie.

Ce nom frappe l'oreille du malheureux Charles, tombe sur son cœur et le brise comme un
pavé briserait un crâne en tombant du sixième
étage. Il pâlit, chancelle et va s'évanouir, lorsque la terrible voix du soldat met en mouvement toutes les fibres de son individu.

— Par la mort et l'enfer, perruquier de malheur! auras-tu bientôt fini de me regarder
comme la panthère du Jardin des Plantes! Je t'ai
dit qu'il fallait me faire beau, magnifique... Allons, vite, de l'eau de savon, un coup de rasoir...; te dépêcheras-tu?...

Et le pauvre Charles, étourdi, respirant à
peine, ne sachant plus que faire, que devenir;
ne se sentant ni la faiblesse de céder à son rival,
ni le courage de lui résister, court à droite et à
gauche, ne reconnaît plus rien; pour prendre
une serviette, renverse trois pots de pommade

et brise deux flacons d'eau de Cologne. Il saisit un rasoir, et un nuage de sang vient obscurcir sa vue, une pensée de meurtre se glisse à travers les organes de son étroit cerveau ; son cœur bat, sa tête brûle...

Savigny, qui ne peut rien comprendre à ce manége, se croit l'objet d'une mystification ; il se lève et veut saisir Charles au collet ; mais ce dernier, dont l'amour et la peur ont ranimé le courage, se recule, et présentant aux yeux du hussard l'acier tranchant de son rasoir :

— N'approchez pas, s'écrie-t-il, n'approchez pas !

Savigny ne peut comprimer un éclat de rire. En effet, rien n'est plus grotesque que la position de son malheureux adversaire. Cependant le sous-officier n'est pas d'humeur à souffrir que quelqu'un ose le braver en face ; redressant donc sa moustache et marchant droit à l'ennemi :

— Bas les armes ! dit-il, bas les armes ! ou je fais de ton rasoir un scalpel pour te disséquer.

Il est des circonstances où l'homme le moins
courageux peut faire des prodiges de valeur.
Charles est dans un de ces moments où l'esprit frappé ne calcule rien. Il s'élance sur Savigny, qui pare adroitement le coup et parvient à
le désarmer. Alors une lutte s'engage corps à
corps. Charles est renversé, mais il entraîne son
antagoniste dans sa chute, et les deux rivaux se
ruant l'un sur l'autre, se pincent, se mordent,
s'égratignent, et renversent tout ce qui se trouve
près d'eux. Bientôt la boutique n'est plus qu'un
champ de bataille : chaises, meubles, tout est
sens dessus dessous.

Enfin Savigny, beaucoup plus fort, se dégage,
se relève, remet tranquillement son col, prend
son sabre sous le bras, et, regardant d'un air
triomphant l'infortuné Charles encore éten du
sur le carreau, il sort en fredonnant :

> Toi qui connais les houssards de la garde,
> N'connais-tu pas l' trombon' du régiment?

# III.

*Négrony.*

La mort n'est-elle pas mon bien suprême, mon unique refuge,
à moi qui ai tout rêvé ; bonheur, amour, jours sans nuages,
et qui, près de les posséder, ai vu s'échapper rapidement de
mes mains, amour, jours sans nuages et bonheur? Je suis
encore au matin de mes jours; plaisirs, fêtes, tout me sou-
riait ; mais, hélas! mon horizon s'est obscurci, mon étoile
s'est détachée du ciel, un vent mauvais a soufflé sur moi, un
orage m'a touché et je vais mourir, pendant que d'autres
sont heureux, pendant que d'autres chantent et se réchauffent
aux rayons du soleil, qui ne se lèvera plus sur moi, peut-
être...

ALPHONSE BROT.

# III.

Ce qu'il portait dans la partie la plus
intime de lui-même le consumait secrète-
ment ; il ne pouvait ni le contenir, ni le
supporter, ni résister à une si violente
impression.

C'était un sentiment vif et délicieux qui
était mêlé d'un tourment capable d'arracher
la vie.

FÉNELON (*Télémaque*, liv. VIII).

Négrony, fils d'un riche négociant des environs de Naples, avait été élevé dans un collége
de cette ville. Dès l'enfance, sa jeune imagination semblait devoir embrasser toutes les scien-
ces ; il s'était livré à toutes, et à dix-sept ans il
terminait ses études.

Ce fut à cette époque qu'il perdit son père;
sa mère était morte en lui donnant le jour.
Il restait donc orphelin et possesseur d'une im-
mense fortune. Bien que doué d'une imagination ardente, comme le climat qui l'avait vu
naître, il était indifférent à tous les plaisirs de
son âge; les charmes de la nature avaient seuls
quelque prix à ses yeux; il recherchait les émo-
tions de l'âme et ne les trouvait que loin du
monde. Presque toujours errant, pensif, solitaire, il existait pour lui et n'existait qu'avec
lui; peut-être craignait-il de n'être pas compris
par les autres hommes.

Que de fois, égaré dans les forêts de la Ca-
labre, ou debout sur le sommet de ces monts
colosses-géants qui semblent défier l'Italie: « Là-
bas, là-bas, pensait-il, des rois, des cours, du
peuple, des intrigues, des hommes!..... Ici du
silence....., du silence et des arbres..., du silence et l'isolement...., du silence et moi!...
moi qui devrais marier ma voix aux échos des
villes, je ne la mêlerai pas même au bruisse-
ment de ce feuillage que le vent agite sur ma
tête. Je veux être tout à moi.. Je vois, je con-
temple, j'admire; mon âme se dilate et s'en-

flamme à ce soleil qui brûle mon visage......
Pauvres humains! calcinez vos corps, sillonnez
vos fronts, broyez vos cœurs, usez votre vie à
cette machine infernale qu'on appelle *la société*;
moi, loin d'elle, loin de vous, je vivrai seul,
sans maîtres, sans lois, que m'importent le monde
et ses utopies? n'ai-je pas l'univers pour
étude, ma tête pour penser et mon âme pour
sentir? »

Le malheureux! pourquoi n'ajoutait-il pas :
« Et mon cœur pour aimer! »

Ah! combien il est beau cet âge où l'on est
encore tout entier à ses souvenirs de collége, cet
âge où l'on n'a rien approfondi de ce que le
monde renferme, cet âge enfin où l'homme
commence à sortir du sommeil de l'enfance; ses
yeux s'ouvrent, il regarde, et tout ce qu'il voit
l'étonne, l'éblouit. Consultant sa mémoire, il
se rappelle encore ce qu'il a fait, ce qu'il a vu,
mais rien ne peut égaler ce qu'il voit; l'avenir,
à ses yeux, est brillant et sûr. «Je parviendrai,»
dit l'ambitieux. « Je voyagerai, » dit le philosophe. Où donc sont les écueils dont on nous
parlait? Qu'elle est bonne la vie! Ce monde est
resplendissant d'or et de pierreries; tous les

sentiers qui s'ouvrent devant nous sont couverts de fleurs. Partons!!

Ils partent, les insensés! et bientôt mille obstacles les arrêtent; ou, si la fortune leur sourit, les passions s'emparent de leur cœur, les illusions cessent, le bonheur fuit devant eux, et, sous chacun de leurs pas, l'or se change en airain, les pierreries en cendres, les fleurs en ronces; le monde avait promis un paradis, c'est un enfer qu'il donne!

Depuis sa sortie du collége, Négrony n'avait encore paru que trois fois aux soirées que l'on donnait à Naples; souvent invité par les anciens amis de son père, il refusait toujours et ne cédait qu'à l'obsession. Il est des gens qui croient avoir fait grand acte d'amabilité lorsqu'ils nous ont forcés de partager leurs plaisirs; ils ne s'informent pas si leurs plaisirs nous conviennent, ce qui les amuse doit nous amuser, et ne pas faire comme eux est une injure qu'ils ne pardonnent pas.

Le soleil touchait à l'horizon, c'était au déclin d'une belle journée; pas un nuage au ciel, rien, rien que les gaz bleuissants qui emplissent l'immensité; jamais le feuillage n'avait été plus calme; la tige des fleurs seulement, et à de certains intervalles, était mollement agitée par une brise légère qui apportait au visage la suavité de leur parfum.

Négrony, ce jour-là, rentrait en ville plus tôt que de coutume, et comme pour dire encore un *au revoir* à cette douce solitude dont il quittait la sphère; il venait de s'asseoir non loin des premières maisons du faubourg, sous un magnifique dôme de verdure où la clématite s'enlaçait amoureusement au chèvrefeuille.

— Parbleu! mon cher Négrony, je bénis le hasard qui m'a fait vous apercevoir!

Et un homme, en s'arrêtant devant le misanthrope, lui frappait assez cavalièrement sur l'épaule.

— J'espère que vous serez des nôtres; j'aurai chez moi une réunion charmante; vous y trouverez de bons camarades de votre père.., de nos vieux frères d'armes.

— Dispensez-m'en, monsieur, des affaires...

— Bah! quelques promenades philosophiques! Des affaires, vous! vous que tout le monde appelle le solitaire de ces contrées!

— Le monde a bien tort de s'occuper de moi, je ne pense guère à lui.

— Écoutez donc, à votre âge, riche comme vous l'êtes, beau, spirituel, bien fait, joignant à la naissance, aux qualités physiques les dons plus précieux encore d'une éducation brillante, d'une probité sans tache, il est bien permis de trouver étrange l'existence que l'on vous voit mener. On a toujours tort de fuir la société, surtout quand on n'eut jamais à s'en plaindre. Tenez, je prétends, moi, vous réconcilier avec elle, et, pour commencer la réconciliation, promettez-moi de venir à ma soirée.

— Monsieur...

— Ce n'est pas précisément une soirée; comme je vous l'ai dit, c'est tout simplement une réunion d'amis... Nous célébrons demain l'arrivée, dans nos murs, d'un vieux soldat; quand je dis vieux, Antoine Talbert a tout au plus quarante ans; mais il a fait, avec nous,

toutes les campagnes de l'Empereur ; il était
simple soldat comme nous quand il a commencé
la carrière des armes ; depuis, Napoléon l'a fait
successivement officier, capitaine, major, colo-
nel, puis enfin comte de Clarance, et voyez-vous,
Négrony, un comte de l'empire vaut mieux qu'un
duc, qu'un prince, qu'un roi par la grâce de Dieu;
car le titre qu'il porte est la récompence de son
courage et le prix de son sang. Aussi le comte
a-t-il quitté le service presque en même temps
que nous ; il n'a pas voulu laisser traîner dans
la poussière des cours un parchemin qu'il avait
ramassé sur le champ de bataille. »

Celui qui parlait ainsi se nommait Conelza.
Le père de Négrony l'avait connu sous les dra-
peaux; ils avaient servi tous deux dans les rangs
de l'armée française et tous deux avaient reçu
la croix des mains de l'empereur ; et, lorsqu'en
1812 les Italiens, les Saxons et autres quittèrent
le service de France, Conelza, cité pour un ultra-
bonapartiste, ne recevait à sa table que des anciens compagnons d'armes ou des amis qui par-
tageaient ses opinions.

Malgré ses instances, Négrony cherchait encore le moyen de se soustraire aux ennuis que

lui présageait cette fête, quand il se vit contraint d'accepter : Conelza venait de lui faire lire une lettre d'Antoine Talbert, lettre charmante, où le comte faisait le plus grand éloge de son père et témoignait vivement le désir de le connaître. Sentant qu'une plus longue résistance ne pouvait avoir d'excuse, il donna sa parole pour le lendemain.

Il était sept heures du soir lorsque Négrony se rendit à la réunion ; déjà depuis longtemps tout le monde était rassemblé ; un murmure d'attention s'éleva lorsqu'il parut. Chacun semblait l'examiner avec soin. Pauvre monde, il s'occupe de ceux qui l'évitent ; devenez son esclave, il ne pensera plus à vous.

Conelza s'empressa d'aller au-devant du jeune Italien, et le conduisant au sopha, alors garni de vieilles moustaches :

— Mon cher Négrony, dit-il, j'ai l'honneur de vous présenter à monsieur le comte de Clarance, un brave qui faisait moins de difficultés pour enfoncer un régiment de cosaques que vous n'en faites pour assister à la soirée d'un ami.

— Touchez là , jeune homme , répliqua le comte en lui tendant la main ; j'aimais votre père, il se battait bien. A Champaubert je faillis recevoir un coup de sabre qu'il eut l'adresse de détourner avec son bras gauche, ce qui fut cause qu'il ne put nous suivre à Montmirail ; mais je vous réponds que le damné Russe qui lui fit cette blessure n'en a plus fait d'autres : j'eus le bonheur de lui détacher un coup d'espadon, qu'il ne para qu'avec sa tête.....

Ces paroles, qui dans l'assemblée produisaient un effet magique , firent naître de tristes réflexions dans l'esprit du jeune philosophe.

Est-il possible que des hommes qui ne se sont jamais vus, qui n'ont aucun motif de haine, s'attaquent avec rage, s'égorgent de sang-froid seulement parce qu'on leur a dit : tuez-vous ! Oh! la guerre ! la guerre ! suprême fléau de l'humanité, irrécusable et sanguifiante preuve de la cruauté de notre espèce ! En vain l'horreur du sang, l'expérience des siècles, la pitié qui émeut le cœur ont tenté d'agir sur notre imagination, d'éveiller notre raison ; en vain les récits de tant d'infortunes , de crimes , de désastres ont fait dresser les cheveux, tout cela n'a servi qu'à rendre plus terrible, plus inévitable, plus meurtière la fureur des hommes. La poudre a remplacé le fer; dédaignant s'égorger de près, on s'égorge de loin. Le fer était lent à frapper, on pouvait éviter ses coups; le plomb vole et ne connaît pas d'obstacles. Et c'est en France, au dix-neuvième siècle, quand la civilisation est à son apogée, que l'on vient d'inventer le boulet monstre !....

Enfin l'heure de se mettre à table appela tous les convives dans une salle voisine; ce fut alors seulement que Négrony put remarquer une jeune dame qui s'approchait du comte. Jamais rien de si parfait n'avait frappé ses regards; dix-huit ans à peine et paraissant n'en avoir que seize; elle était petite, mais sa taille était svelte et bien prise, ses formes arrondies, ses traits d'une régularité parfaite; ses moindres gestes avaient une grâce infinie; le moindre de ses regards causait un trouble invincible : Négrony lui-même, l'austère, le sauvage Négrony ne put s'en défendre.

— Ma chère Délia, voici le fils d'un vieil ami, blessé pour moi dans le combat de Cham-

paubert. Son père était soldat et négociant ;
monsieur trouve plus beau de se faire philosophe. J'ai beaucoup d'estime pour les gens de
lettres, mais j'aurais préféré le voir suivre la
carrière des armes.

A l'aspect du jeune Italien, Délia ne put comprimer un mouvement de répulsion ; pourtant,
à cette époque surtout, Négrony ne lui cédait
pas en beauté, mais son front portait l'em-
preinte d'une sombre mélancolie ; ses longs
cheveux noirs, ses sourcils fortement prononc-
cés, ses yeux qui semblaient lancer des éclairs,
ses manières, son costume, toute sa personne
enfin avait quelque chose de rude et de fa-
rouche.

Pendant toute la soirée, on ne cessa de féli-
citer le comte, de chanter ses louanges ; Négrony seul ne prenait aucune part à la gaieté
des convives. De plus en plus frappé des charmes de la jeune comtesse, car le lecteur a deviné,
sans doute, ce que Négrony ignore encore, il ne
voyait qu'elle, et semblait n'être là que pour
elle ; son regard allait toujours au-devant du

sien; Délia, tremblante, n'osait plus lever les yeux....

Pauvre Négrony! debout! quitte ce banquet; vois-tu cette femme, c'est un aspic qui s'attache à ton cœur. Il en est temps encore, fuis, ou bientôt, comme un fantôme, tu suivras ses pas; elle s'éloignera de toi, torturera ton âme.... Évite, évite un amour qui ne sera jamais partagé, qui ne peut pas, qui ne doit pas l'être. Espoir! désirs, voluptés, passions, il y a des larmes, des angoisses, du sang dans tout cela. — Tiens, regarde, la campagne est fleurie, les forêts sont touffues; le Vésuve enflammé promène sa lave bouillante aux environs de Naples la noble; l'orage a soulevé les flots, la tempête s'élève, la foudre gronde, l'éclair déchire la nue; au loin, philosophe, la nature est belle et terrible! — Allons-donc, lève-toi, sors au plus vite de la salle du festin. — Quoi! tu pâlis! tu veux marcher...; mais tu chancelles! tu veux penser, mais tu regardes, et ta pensée suit ton regard, et ce regard, tout humide des sueurs de ton âme en travail, tombe sur une femme!... Pourquoi cette faiblesse, ce trouble involontaire, ce changement subit?

Ah! c'est qu'il ne fallait qu'une étincelle
pour embraser un cœur comme le tien!

Un mois après la soirée de Conelza, Négrony,
plus sombre, plus agité, avait cependant repris
le cours de ses habitudes; mais distrait, rêveur,
il ne pensait plus aux recherches, aux travaux
qui l'occupaient naguère. Sans bien comprendre
encore le sentiment qui le dominait, il n'avait
déjà qu'un espoir, qu'un but, qu'une pensée!...
L'angelus matutinal n'avait point été sonné;
quelqu'un frappait à la porte de l'Italien; il se
lève, ouvre, et reste saisi de surprise en reconnaissant le comte.

— Puisque vous ne venez pas voir l'ami de
votre père, dit-il en entrant, il faut bien que
je vienne voir le fils de mon ami.

— Vous ici, monsieur!

— Moi-même; Conelza me disait: « Tu veux
trouver Négrony, je t'engage à l'aller chercher
au sein des forêts ou sur les monts les plus es-
carpés et les plus sauvages. » Moi, je me suis

dit... « J'irai le prendre au lit. » Vous voyez que
je suis plus malin que mon ami Conelza.

— Combien je regrette...

— Bah! bah! vous êtes un philosophe; je ne
sais pas trop ce que c'est qu'un philosophe, mais
je crois que c'est un conscrit qui fait de la nature
et de nos théories sociales son champ de bataille.
Or, lorsque j'étais soldat, le diable ne m'aurait
pas fait quitter mon poste; vous êtes fidèle au
vôtre, c'est très-bien, chacun son métier.

— Daignez vous reposer un instant.

— Je ne suis, morbleu, pas venu pour m'en
retourner de suite. Ah çà, mon cher Négrony,
si vous êtes quelque peu excusable vis-à-vis de
moi, vous ne l'êtes nullement à l'égard de ma
femme, vous lui devez nécessairement une
visite...

— Madame la comtesse est donc venue vous
rejoindre à Naples?

— Jolie question, ma foi! elle m'a parbleu

bien accompagnée, ne l'avez-vous pas vue, ne vous ai-je pas présenté à elle à la soirée de Conelza ?...

— Comment! cette jeune dame.....

— Ah bien! fort bien; vous avez cru que c'était ma fille, n'est-ce pas?... Non, mille bombes, non, elle est bien ma femme devant Dieu et devant les hommes encore... Pourquoi me regardez-vous ainsi?... Je conviens qu'il existe entre nous certaine disproportion d'âge, mais nos caractères sympathisent si bien..., nous sommes si heureux!.. Croiriez-vous, mon cher Négrony, que moi, vieux Rodrigue, moi qui, sans le bras de votre père et le traité de Fontainebleau, devais laisser ma carcasse sur quelque montagne au pouvoir des vautours, j'ai eu le talent de me faire aimer de cette jeune colombe...; je ne sais vraiment pas comment je m'y suis pris.

— Sa femme! répéta Négrony, et ce mot l'avait anéanti. Ce fut encore le comte qui, le premier, rompit le silence.

8

— Or çà, dit-il, je n'étais pas venu pour faire le joli cœur, mais pour vous informer de mon départ et vous faire mes adieux.

— Quoi ! vous partez.....

— Sous trois jours ; je ne sais pas ce qui se passe à Paris, mais les nouvelles sont alarmantes ; il paraît que les chambres se sont prononcées ; les députés de l'opposition ne craignent plus d'élever la voix, ils vont jusqu'à prédire une prochaine catastrophe, et, de par mon vieux sabre, il ne sera pas dit qu'Antoine Talbert, comte de Clarance, se promènera tranquillement à Naples quand ses concitoyens s'entr'égorgeront à Paris.

Il est inutile d'arrêter plus longtemps sur le passé l'attention du lecteur, ce que nous en avons dit suffit pour lui faire connaître par quel enchaînement de circonstances nos principaux personnages se sont rencontrés ; quelques lignes suffiront maintenant pour achever de l'instruire.

Négrony se rendit, le lendemain, à la demeure du comte ; il ne pouvait se dispenser de lui ren-

dre la visite qu'il en avait reçue. En revoyant la
comtesse, son cœur battit avec violence ; sa qualité d'épouse, ce titre qui semblait mettre entre
la jeune dame et lui une barrière insurmontable,
doublait encore l'ardeur de l'Italien.

Triste effet des passions ! l'obstacle les irrite,
la contrainte les augmente. Un amour sans espoir est un fleuve qui, rompant ses digues, s'é-
lance, détruit, entraîne et s'étend sur tout
comme un torrent qui roule : celui dont il s'est
emparé ne voit plus, ne pense plus, n'entend
plus ; une puissance attractive et irrésistible le
pousse vers l'objet de son délire, à tout prix il
veut son idole ; il faut qu'il l'étreigne de bonheur ou de rage, qu'il s'agenouille pour adorer
ou maudire, qu'il la charme ou s'en fasse exé-
crer, qu'il l'encense ou la brise !

Le comte voulut absolument que Négrony
restât chez lui jusqu'au moment de son départ.
Le soir même, un bal devait réunir, pour la dernière fois peut-être, les vieux serviteurs de la
cause impériale ; pendant tout ce temps l'Italien ne
quitta pas la comtesse. Deux jours plus tard, du
haut d'une colline, l'épaule appuyée contre un
arbre, un homme au visage pâle, au teint flétri

regardait s'éloigner sur la route de Capoue une chaise de poste qui semblait emporter toutes ses espérances de bonheur.

Bientôt un cri de liberté fut poussé du sein de la France. — On vit un éclair qui précédait la foudre.

Et tous les rois rassemblèrent leurs troupes.

Et tous les peuples prirent les armes.

Et tous les hommes s'entr'égorgèrent.

Et la liberté fit le tour du monde.

. . . . . . . . . . . . . . .
. . . . . . . . . . . . . . .
. . . . . . . . . . . . . . .
. . . . . . . . . . . . . . .

Le soleil de juillet avait réchauffé deux fois les tombeaux du Louvre.

La France, après avoir pleuré ses enfants, se réjouissait sur leur cercueil, comme on rit à la comédie qui suit un grand drame.

L'aristocratie de la vieille cour faisait place à l'aristocratie financière.

Un monarque absolu venait de prendre place sur le trône à côté du roi des trois jours :

L'or ! ! !

Et dans ce temps-là tout le monde se disait libre.

Et l'équipage de l'agioteur écrasait le pauvre qui tombait de lassitude et de besoin.

Et l'on mourait de faim dans les faubourgs.

Et l'on dansait à la Chaussée-d'Antin.

Et les faubourgs criaient : « Vive la liberté ! »

Et l'on criait à la Chaussée-d'Antin : « Vive l'or ! ! ! vive le roi ! ! !.... »

. . . . . . . . . . . . . . . .
. . . . . . . . . . . . . . . .

Ce fut dans l'un de ces salons brillants, au mois de septembre 1832, qu'un homme, accablé de fatigue, couvert des haillons de la misère, que les souffrances avaient rendu méconnaissable, repoussait une cohue de valets qui s'opposait à son passage.

— Laissez-moi parler au comte de Clarance, disait-il; — et un militaire, en habit brodé, culotte courte, bas de soie, souliers à boucles, vint à passer près du groupe. Les deux hommes se reconnurent et tous deux s'embrassèrent.

Le militaire fut grandement surpris de la pauvreté de l'étranger, et l'étranger, s'il avait pu rire, aurait bien ri des bas de soie du vieux soldat de Napoléon.

— Ah! grand Dieu! mon pauvre Négrony, que vous est-il donc arrivé?... Vous en France! vous dans cet état!

— Monsieur le comte, pouvez-vous m'accorder un moment d'entretien?

— Oui, sans doute.... Cependant l'ambassadeur qui est là...; enfin n'importe, entrons ici. Asseyez-vous, Négrony, asseyez-vous; de quoi s'agit-il?

— Monsieur le comte, les journaux m'ont appris que vous devez faire partie de l'ambassade d'Allemagne.

—Oui, mon ami. J'avais bien juré de ne suivre jamais d'autre fortune que celle de mon ancien général; mais, ma foi, puisqu'il est mort et
que ses ennemis sont exilés, je ne vois pas pourquoi j'hésiterais à profiter des chances qui me
sont offertes. La révolution, mon cher, a doublé
ma fortune, d'abord en me débarrassant d'un vieil
oncle de ma femme, qui s'est laissé mourir de
peur et dont les biens nous revenaient de droit;
puis le gouvernement, qui recherche les vieux
soldats, surtout quand ils sont riches, m'a com-
blé d'honneurs et de promesses; car il promet
beaucoup le gouvernement; si je l'en crois, la révolution doit être pour moi une mine de richesses et de gloire.

— Eh bien ! moi, monsieur, la révolution m'a
ruiné. Toutes mes propriétés ont été la proie
des flammes; mon argent, au pouvoir d'un fri-
pon, voyage en ce moment avec lui : c'est pour
le retrouver que j'ai quitté Naples, mais toutes
mes recherches ont été vaines, et je suis resté
sans ressources. Vous cherchez, m'a-t-on dit, un
intendant pour gérer vos biens pendant votre ab-
sence; j'ai cru pouvoir me permettre de solliciter

cet emploi, espérant qu'en mémoire de mon père.....

— Y pensez-vous, Négrony! vous mon inten-dant! C'est comme ami que vous devez rester près de moi, ne jamais me quitter, profiter de mon aisance, partager mes plaisirs comme votre père partageait mes travaux et mes dangers.

— Je demande un emploi, c'est un emploi que je veux. Je ne pourrais jouir d'un bonheur que je saurais devoir à la pitié. Si vous me re-fusez, je m'éloigne, je pars, je retourne à Naples.

Et le comte céda à ses instances.

Et Négrony fut intendant.

Et le comte partit.

Et Négrony resta près de la comtesse.

Ah! c'était cette place qu'il voulait.

Propriétés, richesses, il n'avait rien perdu,

Rien que le repos de sa vie entière.

fin